La Chasse au Réel

PAUL HERVIEU

La Chasse au Réel

*Pensées choisies et précédées
d'une Introduction*

PAR

HENRY MALHERBE

PARIS

E. SANSOT & Cie, éditeurs

9, RUE DE L'ÉPERON, 9

Tous droits réservés

NOTE DES ÉDITEURS

NOTE DES ÉDITEURS

Nous sommes heureux de remercier ici M. Paul Hervieu qui, pour la publication de ces « glanes », a bien voulu nous laisser parcourir des feuillets inédits. Nous le remercions également d'avoir pris le soin, pour certaines citations, de couper lui-même le cordon par lequel elles eussent été retenues à l'œuvre-mère : roman, pièce de théâtre ou discours.

Nous ne pouvions, sans risque, assumer la responsabilité d'une tâche aussi délicate ; et notre gratitude, envers M. P. Hervieu, s'accroît en proportion de la haute faveur, que nous a ainsi témoignée l'éminent écrivain.

Les Éditeurs.

INTRODUCTION

INTRODUCTION

Tristesse de la science ! Mélanco-
lie des regards trop insistants ! C'est
le sort des chercheurs passionnés
que, dans leur rage de tout connai-
tre, le spectacle le plus doux les bou-
leverse et les déchire parce qu'ils
s'en seront trop pénétrés.

Cette amertume et cette détresse
de la pensée lucide, vous les retrou-
verez chez M. Paul Hervieu. Mais,
par l'effort esthétique, la violence de
la dénonciation atteint la grandeur ;
et la droite sobriété aboutit à la no-
blesse.

Justice, vertu et sincérité amour
et amitié, (toutes les chères prières
que nous redisons dans l'église sen-

timentale si difficilement édifiée par l'humanité), languissent ici comme des musiques timides et des ardeurs fragiles. L'artiste a sondé les profondeurs de la nature. Il a rapporté dans ses mains un peu de cendre, de soufre et de sang.

Et, cependant, quelle fureur d'intuition, quelle ténacité ambitieuse pour chercher les certitudes ! La vérité, avec ses volumes et ses couleurs infaillibles, ne se lève pas sur notre passage. Chaque étape de la conscience nous laisse plus pauvres et plus affamés d'évidences. N'est-ce pas le défiant et sage Renan, qui s'écriait : « Tout n'est ici-bas que symbole et que songe ? »

Ceux qui copient, avec la minutie sereine et complaisante des photographes, les contours fugitifs des apparences du monde, ceux que, par un étrange non-sens, l'on a appelés des naturalistes et des réalistes, sont les plus tristes ignorants de la nature et du réel, et les dupes de quotidiennes hallucinations et les esclaves du mensonge et de l'ombre.

Ils ont toujours à la bouche ce mot admirable et qu'ils avilissent : la vie ! Barbares expéditifs et aveugles ! Il faut leur dire la détresse des yeux morts auxquels ils se sont fiés, et que leurs sens préférés procurent le mirage fallacieux et la trahison. Il faut leur faire pressentir les perspectives éperdues, les rythmes perpétuels et profonds, par delà l'état social et la matière.

Publier des aventures longuement méditées et qui, sous leur fantaisie apparente, cachent les stations essentielles de toute existence : C'est toute la vertu de l'artiste littéraire. Que le lecteur s'arrête, s'il le veut, aux surfaces harmonieuses et diaprées d'un conte. Mais qu'il soit intimement troublé, malgré lui, par les musiques secrètes qu'il n'a pas d'abord perçues ! Ainsi s'augmentera-t-il des vies passées et futures et sentira-t-il affluer vers lui plusieurs sources d'humanité.

Seule morale pure et suprême du divin jeu des arts.

Ces visées hautaines, ces qualités de vigueur imaginative, ces audaces serpentantes et inlassables, ces projections illuminatives sur l'inconnu, ces élans vers l'absolu, ces signaux à une vérité purifiée que j'avais admirés chez les plus grands artistes, j'ai cru les entrevoir dans l'œuvre de M. Paul Hervieu. Je ne pense pas qu'un écrivain de notre race et de notre temps ait approché les centres secrets de la vie avec plus de décision que l'auteur de l'Inconnu, de Peints par eux-mêmes, de Théroigne de Méricourt, de La Course du Flambeau.

Sa virtuosité est tyrannique. Quatre ou cinq découvertes psychologiques, poignantes et forcenées, lui servent de chevilles qu'il enfonce dans l'instrument préparé de notre sensibilité. Il tend leurs ressorts, les accorde selon le la profond de son inspiration et joue ses gammes solen-

nelles et aiguës avec une fureur grave
et disciplinée que rien ne rompra
plus. Il fait de la fugue et du con-
trepoint. Il entrelace des motifs nou-
veaux et grandioses sur l'amour mor-
tel, la survie, la destinée. Il ne se
préoccupe pas de plaire aux frivoles
auditeurs d'une heure. Il se tourne
vers l'avenir.

M. Paul Hervieu s'est passionné
pour la figure humaine dont la couleur, le relief et la mobilité lui révè-
lent les tréfonds tragiques des existen-
ces. Cire pâlie qui fond sous le feu
intérieur de l'instinct et que modèle,
à son gré, la fatalité.

L'auteur du Réveil sait ce qu'il
entreprend et où il va. Il serait im-
prudent de le chicaner sur le choix
des personnages, de l'intrigue ou du
discours. Malgré cette ironie étince-
lante, désabusée et dont le ton cin-
glant ne le quitte pas, peut-être n'a-
t-il jamais eu l'inconscience joueuse
de la jeunesse. Il a tout de suite re-
connu son poste d'observateur.

Vous n'assisterez pas qu'aux prestiges violents ou aimables d'une puissante intelligence. A ces claires fusées se mêlent les vastes visions et les méditations poignantes, concentrées en phrases pesantes et tordues. Leur chant rude s'élève difficilement dans les âmes légères et profanées. Il se dévoile aux artistes graves et patients, persiste et domine comme la plus belle et la plus sûre marque de la personnalité de l'écrivain.

Considérez l'homme lui-même : le visage pâli, fondu, brûlé au feu de la pensée et de la passion, a retrouvé cette sérénité monastique et cette gravité diaphane qu'a connues Port-Royal. Et l'éclat métallique des yeux bleus et large-ouverts semble projeter des flèches d'acier qui traversent l'âme. Traits si rudement lancés que les hampes empennées tremblent longtemps sur les cibles vivantes.

M. Paul Hervieu, semble-t-il, anticipe sur la sagesse future. Il a comme une vision de la société telle qu'elle sera dans deux ou trois siècles : consciente et rationnelle. Et, en vérité, de ses réflexions « choisies », l'on pourrait publier plusieurs livres de glanes.

Aussi bien, je ne prétends pas, avec les phrases isolées et, pour ainsi dire, « orphelines », que l'on lira plus loin, à montrer les jeux complexes d'une physionomie aussi altière et aussi inconstante que celle de M. Hervieu. Il était d'ailleurs ardu, sinon hardi, de démanteler les constructions achevées, symboliques et rectilignes d'une œuvre aussi importante. Là, même lorsque toutes les passions se mêlent dans une violence d'orage, une harmonie subtile et préétablie se dévoile, une clameur retentissante mais musicale fait taire le désordre.

Je n'ai voulu que mettre, au fronton de l'édifice, un bouquet de fleurs que j'ai arrachées aux terrasses suspendues de jardins étonnamment tracés et étagés. Je me tiendrai pour satisfait si le parfum que j'ai combiné saisit quelques passants attardés.

Ce livre ne vaudra qu'en éveillant dans certaines âmes le désir de pénétrer l'œuvre entier d'un artiste qui a su donner des permanences de marbre à la triste et fuyante argile de l'humanité.

HENRY MALHERBE.

MŒURS DIVERSES

LA CHASSE AU RÉEL

MOEURS DIVERSES

Pour faire se détourner l'espèce humaine, le miroir de la mort n'est guère plus prompt que la face de la vérité.

Rien n'est beau que le vrai ; le vrai n'est pas aimable.

On est aveugle pour ses propres affaires, et paralytique pour celles d'autrui.

Je suis un paresseux qui ai parfois rêvé d'avoir un esclave, ignoré de tous, par qui faire accomplir ma tâche. Je ne lui aurais guère laissé de repos ; je l'eusse impitoyablement fait remanier, chercher mieux, recommencer encore. Et ç'aurait été bien exceptionnel que je lui avouasse quelque contentement de lui.

Mais cet esclave, je l'ai : c'est moi.

Il semblerait que les personnes spirituelles soient plus rares que les gens sensibles. C'est que l'on peut se donner l'air d'avoir du cœur, tandis qu'il n'y a pas moyen de feindre d'avoir de l'esprit.

On se croit toujours visé par autrui, aussi bien dans ses mines souriantes que dans ses mauvais airs. Vous n'êtes pas en cause ; il s'adonne à lui-même.

Les jeunes gens ont une certaine tendance à présumer que celui qui ne partage pas leur manière de voir est un crétin. Ils ne songent guère à mettre en doute sa sincérité. Le soupçon qu'un contradicteur dissimule ou ment, n'habite pas les consciences fraîches. C'est avec la maturité, quand on se juge parvenu à l'épanouissement de toute la dignité virile, que l'on est plus généralement enclin à supposer la mauvaise foi chez son semblable.

Le talent des morts ou leur renommée doit beaucoup à ce qu'ils ne sont pas vivants.

Vous voyez bien, là-bas, au coin de l'avenue, ce grand valet de pied et cette petite femme de chambre qui s'asseyent pour continuer à causer. Lorsque j'ai passé près d'eux, elle disait :

— Il faut que je vous quitte parce que mes maîtres m'attendent.

— Mais, répliqua-t-il, les miens m'attendent aussi !

Cette observation suffit pour la retenir.

Etre deux à manquer au devoir donnerait donc la même quiétude qu'être un à l'accomplir.

Le hasard semble souvent savoir dans quel sens intervenir, quand une défaillance des êtres l'autorise à parler à leur place.

La vie a ceci d'équitable et de modéré que les choses ne nous arrivent jamais aussi bien que nous nous les souhaitons, ni aussi mal qu'on nous les souhaite.

Cet enfant passe comme les autres ses premières années. Il a eu des coliques, des rages de dents et la fièvre scarlatine. Ensuite ses instincts se développant, il adore les choses sucrées et déteste la rhubarbe. Lorsqu'il est joyeux, il s'abandonne à de gros éclats de rire. Il pleure lorsqu'il a du chagrin.

Tout cela le fait souvent fouetter par sa mère.

En prêtant l'oreille à un dialogue qui vous concerne et qui ne sait pas être écouté, vous apprendrez en quelques minutes plus de réalité que par tout ce qui vous a été enseigné, inculqué, rabâché depuis que vous avez été mis au monde.

Le bonheur humain se refait sans cesse avec les morceaux précieux des bonheurs brisés.

Le théâtre est un instrument de précision et de sensibilité où s'inscrivent, à l'instar du sismographe, tous les tremblements de mœurs.

Du moment qu'un livre, — ainsi que Rabelais le proclama pour le sien, — se vendit à plus d'exemplaires en deux mois qu'il ne s'était vendu de bibles en neuf ans, le public savait-il se ruer sur une œuvre de sagesse et philanthropie ? ou sur les pages plutôt de licence, de bouffonneries et d'invectives ?

Concluons pour le xvie siècle, d'après le xxe.

Beaucoup de gens interprètent autrui selon les principes sociaux et ne le jugent capable que de ce qui lui est permis. D'après eux, il y a les choses que « l'on ne peut avoir dites », que « l'on ne fait pas », celles dont « ne se doute pas » une jeune fille, et celles qu'on ne leur fera jamais croire de la part « d'un parent » ou d'un homme « qui a été marin », ou d'une femme « qui a des enfants ». Déconseillons de discuter avec ces, d'ailleurs, excellentes personnes.

Vous rappelez-vous cette chanson des nourrices: « Biquette ne veut pas marcher. Il faut chercher le Chien pour mordre Biquette. Celui-ci se refusant, il faut chercher le Loup pour manger le Chien... » La naïve berceuse développe successivement les droits du bâton sur le loup, les droits du feu sur le bâton, les droits de l'eau sur le feu, les droits de l'éponge sur l'eau...

C'est de là que les enfants reçoivent leurs premières notions d'équité.

Ceux qui « s'écoutent parler » s'as-
surent du seul auditeur qui soit certain. Les autres assistants sont à entendre intérieurement ce qu'ils vont
dire.

Le « raseur » dispose de tous les pro-
pos qui sont dans le domaine public,
de tous les mots qu'on a lus, de toutes
les anecdotes qu'il a déjà contées.
Quand s'ouvre le feu de la conversa-
tion, il est comme dans une batterie
fortifiée d'où il écrase et fait taire ce
qui tâche de s'improviser aux environs.

Quand on quitte un groupe dans
lequel viennent d'être critiqués un
certain nombre d'absents, on se dit,
si l'on est un malin : « Ça va être
mon tour. » Mais n'apercevant pas

de médisance à laquelle on prêterait,
on se rassure.

D'après ce que tolèrent les préjugés, ma considération augmente pour
ce qu'ils interdisent.

On s'attend volontiers à ce que des
personnes, qui vous ont déçu, se
comportent tout différemment, la fois
suivante. C'est attendre devant un
cerisier qu'il donne des abricots.

L'habitant des ruelles voit dans
l'ombre, par cette seule magie que la
police y soit.

Il faut un cœur spécial pour pratiquer des saisies et, en quelque façon que ce soit, pour mettre rudement la main à la pâte de misère des autres, pour y apporter le levain d'où se lèvent les cris et les pleurs.

En écrivant contre le personnel judiciaire, on est, dans tous les siècles, soutenu par la clameur des justiciables, puisque la vraie justice pour chacun ne serait que celle qu'il s'adjugerait lui-même. Et l'on a des légions avec soi pour s'attaquer aux médecins, dont il n'y a guère que les morts qui ne disent point de mal, quoique étant les seuls à s'en passer, et les plus fondés peut-être à s'en plaindre.

La chasse a eu son but et son utilité alors que les représentants de la race humaine devaient défendre leur existence contre les bêtes féroces et se procurer des subsistances.

Mais cet usage aurait dû disparaître dans les pays où abondent les ressources comestibles et où les animaux les plus dangereux sont le rat d'égout, le dindon de basse-cour et le homard cru.

Si la civilisation ne doit pas réussir à améliorer les êtres, elle a su orner de douceur les choses... Les sombres halliers ont disparu, par où jadis hurlaient des bandes de loups : aujourd'hui, au même endroit, une allée de sable fin, des parterres, des vasques d'eau courante, et, venant quelquefois y boire, tel qu'invité, un petit oiseau à queue preste et à tête bleue.

Le dernier mot des compromissions
humaines me semble être articulé
dans cette phrase de bonne ména-
gère : du linge à finir de salir.

Rien qu'à regarder ces belles femmes surexcitées, sans cesse, par le tourment de toutes les offres et de toutes les prières, dans leur existence de
fêtes, d'excitation charnelle et d'em-
prisonnement mondain, on penserait
lire sur leur visage l'angoisse du
jeune Spartiate qu'une bête dévore
sous sa robe.

— La seule base générale des relations mondaines, prétendait l'un, le
seul lien d'ensemble pour cette masse
qui vient de tant de côtés, et, du
reste, le seul élément qui constitue

la famille, la société, la loi même de l'univers, c'est l'amour !

— Non, fit l'autre, c'est l'argent.

— Comment cela, l'argent ?

— Savez-vous exactement ce que l'on définit par le mot d'« armature » ?

On désigne ainsi un assemblage de pièces de métal, destiné à soutenir ou à contenir les parties moins solides, ou lâches, d'un objet déterminé. Eh bien ! pour soutenir la famille, pour contenir la société, pour fournir à tout ce beau monde la rigoureuse tenue que vous lui voyez, il y a une armature en métal qui est faite de son argent. Là-dessus, on dispose la garniture, l'ouvrage d'art, la maçonnerie, c'est-à-dire les devoirs, les principes, les sentiments, qui ne sont point la partie résistante, mais celle qui s'use, se change à l'occasion et se rechange. L'armature est plus ou moins dissimulée, ordinairement tout à fait invisible ; mais c'est elle qui empêche la dislocation, quand surviennent les accrocs, les secousses, les tempêtes imprévues, quand l'étoffe des sentiments se déchire et que se fend la devanture des devoirs ou

des grands principes. C'est seulement
en ces circonstances-là, et pour quelques instants, que l'on peut parfois
apercevoir dans le cœur de la société,
au centre des familles ou entre les
deux parties d'un ménage, leur armature à nu, le lien d'argent. Mais
vite on recouvre ça de sentiments
neufs ou de principes d'occasion. On
remplace les préjugés détériorés et
les devoirs crevés... Et l'armature a
supporté le tremblement. Elle est
restée en permanence pour mainte-
nir scrupuleusement la forme et
l'apparence des foyers domestiques,
et pour recevoir la réparation dont a
besoin la façade mondaine.

Un bienfait n'est jamais perdu : le
bénéficiaire se rappelle à qui rede-
mander.

Aucun pas ne résonnait derrière elle. Rien que des outrages qui bourdonnaient et volaient à sa suite dans l'obscurité. Tous, nets et pareils, consistaient à proférer le nom monosyllabique d'une partie de son corps. Rien de plus n'y était ajouté que l'adjectif possessif par lequel, avec des râles de fureur, on lui constituait la pleine et large disposition de la chose nommée, comme pour qu'elle l'emportât où elle voudrait et qu'elle n'assît plus jamais ça dans la maison.

C'est ainsi que la malédiction d'un père accompagnait, à la moderne, une jeune fille qui passa, sans se presser.

N'avez-vous jamais remarqué que les points d'interrogation tels que l'on en trace le signe, ont la forme que l'on pourrait prêter à des crampes de l'âme ?

J'aurais regardé des yeux, comme
d'autres écoutent une musique com-
pliquée et savante, pendant des heu-
res entières, émus tour à tour, par
l'enthousiasme, le doute, l'impuis-
sance de comprendre et la rage de
ressaisir les expressions évanouies.

— L'humanité se bat les flancs pour
se persuader à elle-même qu'elle n'est
pas mauvaise fille. Or elle l'est, de
naissance, comme de naissance aussi
elle est bonne mère... Relisez les
commandements du mont Sinaï: Pas
un mot sur les devoirs envers la pro-
géniture. Pourquoi donc? Parce que
c'était inutile. Parce que toutes les
créatures s'étaient mises d'instinct à
soigner leurs petits. Mais les devoirs
envers les parents, voilà ce qui n'a
pas été sous-entendu ! Voilà ce qui
n'allait pas de soi-même ! « Honore
tes père et mère, afin de vivre longuement sur la terre... » Il n'y a pas que

l'injonction ; il y a, pour allécher, la
promesse d'une prime à réaliser dès
ce bas monde... Soyez-en sûre : la
reconnaissance filiale n'est pas spon-
tanée ; elle est un effort de civilisation, un fragile essai de vertu.

— Vous me permettrez bien de vous
opposer mon propre cas à moi, qui
vis entre ma mère et ma fille...

— Parbleu ! vous êtes trois excel-
lents cœurs roulés dans la bonne pâte
des tendres illusions. Vous pensez
respectivement vous connaître ; vous
ne vous connaissez seulement pas
vous-même. Vous ignorez tout ce
que vous valez comme mère. Et vous
ignorerez toujours, j'espère, le peu
que vous valez comme fille. Cela ne
s'apprend pas dans les douceurs de
l'harmonie, mais sous les violences
de l'épreuve, par le cri arraché des
entrailles.

❖

4

— Le monde a si vite fait de prêter des aventures aux femmes !...

— Comment serait-il au courant ?

— N'est-ce pas ?... Alors, d'après
vous... ?

— Il y a moins qu'on ne dit ; plus
qu'on ne croit.

Si la race humaine, ainsi que celle
des singes, était pourvue de l'appendice caudal, vous imaginez-vous les
graves questions de vanité qui s'y
attacheraient ? Le porter sous le bras ?
en tour de cou, par les rues ? en
traîne, dans les salons ?... Et la mode
de l'année ? Les dames ne vont-elles
pas le braceler de grosses perles ?...
Mais l'élégance masculine renonce-
rait à la bague chevalière, assure-t-on,
pour adopter le style sobre, nu, —
houppette rasée, comme les mousta-
ches.

Non, non, l'on n'imagine pas tout
ce dont l'absence d'appendice caudal

a frustré les personnes à prétentions,
les médisances, les commerces de
luxe, l'art des sonnets, l'ivresse sen-
timentale !...

AMOUR, AMITIÉ, MARIAGE

AMOUR, AMITIÉ, MARIAGE

Tous les mâles sont rivaux, dans
le rayon de la harde ou de la basse-
cour.

❧

— Quoi !... Sans que vous m'ins-
piriez une ombre d'amour, vous ne
répugneriez pas à ce que l'exaspéra-
tion me livre à vous ?..C'est hideux !
Les hommes sont infâmes !

— Voulez-vous que je vous ré-
ponde quel est l'espoir piteux qui
vous traverse, par moments, la cer-
velle ? C'est celui d'une scène conju-
gale immédiate que suivrait peut-être
une réconciliation bâclée dans toutes

les rancœurs. De façon vague, sans
vous l'avouer, vous concevez que
l'époux, prêt à partir allégrement pour
l'école buissonnière, pourrait soudain
être reconduit, par quelque providence, à son très sage devoir.

— Et quand même j'entreverrais
ça ?

— Nous en déduirions que l'âme
des deux sexes, pareillement, sait se
contenter de certains à-peu-près.

A deux, dans la fête d'être réunis,
on semble négliger les choses d'hier ;
on fait des projets, qui sont des idées
de luxe. On néglige les souvenirs, qui
ne sont que des provisions d'hiver.
Pour se rappeler bien le passé, il n'y
a rien de tel que les instants où les
séparations, la solitude vous rendent
pauvre de bonheur présent, et où il
faut vivre sur les économies de bonheur qu'on s'est constituées.

De tous les crimes possibles contre les autres, il n'en est pas un dont l'aveu entre amants ne serait quelque prétexte à des baisers de plus.

L'amour est une colonie de soi-même que l'on pense avoir dans le cœur choisi.

— Vous savez bien que mon âme et mon cœur sont à vous... Mais *cela!*... Comment est-il possible d'attacher tant d'importance à *cela* ?

— Tant d'importance dans la sollicitation? ou tant d'importance dans le refus? Lequel des deux est le plus sincère de celui qui déclare : « — Voici le trésor que je réclame, parce que c'est le plus précieux », ou de celle qui répond : « — C'est le seul dont je ne veuille pas me dessaisir, parce qu'il est si peu !... »

⁂

Tout ce qu'on pourrait attribuer, à la passion physique, de puissant, d'héroïquement fat, de fier et de farouche, il semble que cela s'incarne dans cet animal menaçant et paré au garrot d'une cocarde de soie, dont le poil est luisant et doux, qui porte en avant sa belle fougue d'éventreur. En face de lui, et reniflées par ses naseaux ardents, les capes agitent leurs couleurs affolantes, font étinceler leurs broderies et provoquent ses yeux vifs qui hésitent, choisissent, renoncent, et se ravisent. Ces traînes jaunes, azurées ou roses sont comme autant de menteuses robes de femmes, sous lesquelles il y a les banderilles et l'épée, les tourments et la mort.

⁂

L'homme ou la femme, les époux
ou les amants, qui se décernent à eux-
mêmes le mandat de justicier, ceux-
là, dans la minute rouge, incarnent
tous les péchés capitaux : la colère...,
l'orgueil..., l'envie..., la luxure som-
bre des images qui montent au cer-
veau !...

—

Des sourires, des baisers, des ca-
resses ne peuvent s'expier, comme
l'empoisonnement ou le parricide,
dans le sang de ceux qui n'ont fait
que de la volupté sous le ciel !

—

C'est par nous autres, amis fervents
et respectueux de la vie, c'est par
nous, pécheurs qui, dans la créature,
soutenons notre sœur de faiblesse,
c'est par nous que finira pourtant le
règne de Caïn !

Ceux qui sont unis par la chair ont un instinct spécial, qu'il soit ou non plus perspicace, pour s'examiner l'un l'autre. Et, dans la constance quotidienne à entre-croiser leurs regards, ils se discernent réciproquement dans les yeux un infini de choses indéfinies, mille lueurs indicatrices d'inconnu qui doivent être les yeux des yeux.

Pour beaucoup de gens, avoir un ami, c'est avoir quelqu'un dont ils aiment plus tendrement à tirer des profits.

Quoi ! l'amitié devrait dépendre d'une certaine similitude dans le temps de la naissance et dans le genre d'existence ? Elle réclamerait l'identité du sexe et peut-être aussi celle de l'espèce ?...

Non pas ! Il y a quelque part un chat dont j'estime être bel et bien l'ami ; et je sais, en outre, plusieurs morts, que je n'ai point connus, près desquels je me flatte également d'entretenir un commerce d'amitié, tant est pur et vivace l'accord de mon cœur avec ce qui survit du leur, dans l'histoire ou dans leurs œuvres...

Ah ! oui, l'amitié ! C'est une erreur vaniteuse de notre égoïsme, autant quand nous imaginons l'inspirer, que la ressentir. Ce zèle entre personnes du même sexe provient d'une illusion des sens qui ne dépasse point la limite au delà de quoi elle mériterait une qualification infamante. L'amour d'homme à femme est le seul sentiment qui, en vérité, rapproche les êtres, parce qu'il tend, selon la nature, au complément nécessaire d'un sexe par l'autre.

L'intimité c'est le moyen de faire entendre à un ami ce qu'un ennemi pense, sans que ce dernier puisse le dire, du moins avec licence d'être écouté.

Les anciens écoutaient le présage d'être doucement retenus par un pan de leur robe au siège dont ils allaient se lever... Oh ! la tendresse — peut-être ? — de ces choses constantes, de ces objets familiers à qui nous ne portons que le sentiment de notre propriété, sans y soupçonner — pourquoi pas? qui sait? — quelque muet attachement auquel il serait aimant de répondre !

— Voyez-vous, risqueraitpeut-être un observateur : après vos proches

parents, ce sont encore vos amis
intimes qui, cordialement, vous dé-
testent le plus.

On s'attribue volontiers d'être plus
ami avec chacun de ses amis, que
ceux-ci ne sauraient l'être entre eux.

Les amis de ton ami sont des mi-
roirs, où tu verras comment est pour
toi ton ami derrière ton dos.

Quelqu'un, dont on vient de faire
la connaissance, vous confie une sa-
coche et vous demande de lui remet-

tre en échange votre porte-monnaie,
votre portefeuille. Selon les circons-
tances, cela s'appelle le vol à l'amé-
ricaine, ou bien le mariage sous le
régime de la communauté.

Beaucoup d'honnêtes épousés pen-
sent que le plaisir conjugal est un vice
inhérent au sexe fort, comme celui
de fumer, et que, dans les deux cas,
il ne s'agit pour elles que de ne pas
maugréer.

— Acceptez ceci comme un fruit
savoureux de l'observation : la plu-
part du temps une femme continue
d'aimer mieux son mari que son
amant.

— Vos paradoxes me feraient bon-
dir !

— Si fait ! Par la multiplicité des liens..., par la communauté d'intérêts... par une certaine intervention de la conscience, oui, très fréquemment, le mari est préferé. Dans la moyenne des cas, je vois la compagne se remettre mieux quand ce n'est pas du mari qu'elle devient veuve, mais de l'autre.

Le grief conjugal qu'elle avait, s'exhala ainsi :

—On dresse à tout peut-être, sauf à aimer, car il entre de la crainte qui est un genre de haine... Tenez, voici ce qui m'a donné le mieux la notion de l'état où vous m'aviez réduite : de temps en temps, vous m'emmeniez vous voir distribuer, au sortir de table, une part de la desserte à vos chevaux de selle. Tandis que l'un ou l'autre d'entre eux mangeait dans votre main, je ne pouvais détacher mon attention de son œil noir qu'un demi-cercle de blanc marquait soudain de l'effarement toujours en éveil. La promptitude à se reculer, les lenteurs méfiantes à revenir, cette manière inquiète de considérer le maître de tous les jours comme un éternel inconnu, qui flatte de la voix aussi bien qu'il attaquerait de ses éperons... Eh bien, oui ! ce tableau, chaque fois, me faisait penser que, pour les instants où vous me traitiez bien, mon image à moi, je l'avais dans cette bête à moitié frissonnante.

— Il n'y a pas de justice.

— Il y a celle du malheur commun.

— Vous êtes une coupable et je suis un innocent.

— Nous sommes deux malheureux. Au fond du malheur, il n'y a plus que des égaux.

Les pessimistes tombent continnellement dans l'erreur : par trop d'optimisme encore.

APERÇUS D'HISTOIRE

APERÇUS D'HISTOIRE

L'histoire est écrite par des gens impartiaux. Ils sont en désaccord, parce qu'il y a des gens impartiaux dans tous les partis.

Erostrate, qui n'était avide que de transmettre son nom à la postérité, jugea qu'il y réussirait en mettant le feu au temple d'Ephèse.

Il a été qualifié de fou par des gens qui se piquent de savoir raisonner.

Quand on commence à avoir des idées politiques, sociales, on y est absolu, parce que l'on se fait l'illusion d'être durable, d'être assez durable pour voir aboutir les choses auxquelles on croit.

On devient sceptique, résigné, content de peu lorsque l'on distingue le moment où l'on va s'en aller, sans que rien n'ait été résolu, ni concilié, ni véritablement changé.

Pour orienter l'opinion qui passe, l'usage est souvent d'inscrire sur les écriteaux des polémiques, que l'on est à un tournant de l'histoire. Le mot paraît d'autant mieux choisi que la destination des tournants est de faire mouvoir en rond, et de ramener par suite aux environs des points de départ.

Antisthène s'était couvert de gloire,
à la bataille de Tanagre, en tuant
beaucoup d'hommes qui n'étaient pas
de sa patrie.

On ne dit point que les Spartiates
aient grogné lorsque leur loi nouvelle
bannit de chez eux les arts, le commerce, le travail, pour les mieux dé-
vouer à la guerre, — ni de ce qu'elle
leur enjoignait d'expédier au gouffre
le fruit de leur amour s'il n'était pas
d'une belle venue.

Mais le jour où Lycurgue exposa
que les repas devraient se prendre désormais en commun, à une seule et
même sauce, fraternellement, — alors
ses concitoyens firent des objections
qui lui crevèrent un œil.

L'administration de Venise, — toujours si soigneuse de ses archives qu'elle possède aujourd'hui plus de quatorze millions de pièces, à partir du ixe siècle, — n'a pas conservé le procès de Marino Falier. Bien mieux : à la date où les recueils devraient présenter la sentence, on constate que cette lacune est volontaire. Le blanc de la page porte cette mention : *non scribatur*.

Dans la frise en salle du Majeur Conseil, au Palais Ducal, où l'effigie du condamné devrait figurer à son rang chronologique, un voile porte cette inscription : « Ici est la place de Marino Falier, décapité pour ses crimes. »

Tous les autres doges sont là, avec leurs visages glabres, barbus ou moustachus, tous !... Les doges déposés même, les doges chassés, les doges massacrés par la volonté de Venise, au nombre desquels Obelario, décapité aussi comme traître. Et à ceux dont on a légalement arraché ou brûlé les yeux, suivant le droit rapporté de Byzance, à ces cinq-là, le pinceau aura rendu de fausses prunelles brillantes, dans cette galerie, pour y ranimer leurs physionomies éteintes. Mais un seul, sur les traits de qui pourtant nous voudrions bien épeler un peu de son destin, l'unique Marino Falier, après avoir été rayé du nombre des vivants, est en outre effacé du cortège des morts. On a supprimé son spectre même. Que le diable, — dont certains prétendent, au lieu de nous donner une bonne raison, qu'il a dû être l'agent, — que son compère le diable avec l'âme garde l'image, qui plus jamais ne soit peinte, en expiation de crimes *qui ne soient pas écrits !*

— Mon Dieu ! disait l'interlocutrice en cette soirée du 9 août 1792, mon Dieu ! Ces Parisiens que tant de fois j'ai vus si facilement joyeux, si prompts à s'attendrir !... D'où leur viennent, à présent, ces accès périodiques de fureur ?... Qui donc leur souffle tant de haine contre le plus paternel des maîtres?

— Madame, répliquait son interlocuteur, il y a dans l'Assemblée, il y a dans les clubs, il y a partout, de terribles raisonneurs qui démontrent que les frères du roi sont allés soulever l'Europe contre la nouvelle Constitution française. Les souverains de Prusse, de Bohême et Hongrie, viennent de proclamer, dans un manifeste insensé, qu'ils franchissaient notre frontière, rien que par amitié pour le roi et contre son peuple. Les ministres qui avaient un peu la confiance populaire ont été congédiés. Leurs successeurs, qui sont au goût de la Cour, n'opposent que dix mille hommes d'un côté, vingt mille de l'autre, aux cent mille Prussiens et aux cent mille Autrichiens arrivant par l'Alsace et les Flandres. Alors, madame, le peuple s'est laissé persuader que Louis XVI spéculait, en ce moment, non pas sur la victoire des armes françaises, mais sur leur défaite. Le peuple a prodigué ses acclamations aux représentants qui se permettaient de déclarer la patrie en

danger, de décréter la levée en masse...
Maintenant, six cent mille hommes
en train de se mettre en route contre
l'étranger crient, par-dessus le bruit
de leurs sabots, qu'ils ne laisseront
pas en arrière d'eux une citadelle au-
trichienne !... C'est ainsi, madame,
qu'ils désignent la royale demeure où
nous sommes. Et voilà pourquoi Paris, qui est tout porté alentour, se
délègue pour prendre les Tuileries !

— Au ton de votre langage, il semble bien que vous récriminez contre
la politique de Sa Majesté ?

— Moi !... Dieu m'en garde !...
Louis XVI défend son trône par les
moyens auxquels on le réduit. Des
sujets déloyaux, la menace et l'ou-
trage à la bouche, s'efforcent de lui
voler, un à un, ses droits héréditaires.
Quand on est captif des brigands, je
tiens pour légitime toute arrière-pen-
sée, toute combinaison qui amènerait
sa propre délivrance et leur écrase-
ment. Oui ! à mes yeux, un roi n'a
pour territoire sacré, pour sol natal,
que la royauté. Les seuls compatrio-
tes que je reconnaisse à un roi, ce
sont les autres rois. Vous voyez ainsi

jusqu'à quel point ma fidélité s'in-
cline devant ce que le nôtre a fait...
Cela ne m'empêche pas de comprendre ce que le peuple va faire !

—

C'en devait être fini d'honorer,
durant tout un mois, le barbare dieu
Mars, et Junon en juin, et en juillet,
Julius Cæsar !... La liste des jours ne
devait plus enseigner aux générations nouvelles l'atroce exemple des
générations passées, tel qu'il se dres-
sait en images de supplices, à chaque
nom de martyr brûlé sur un gril,
écorché vif, cloué aux quatre mem-
bres, ou précipité dans l'arène des
fauves !... Non ! Chaque date évoque-
rait une idée qui pût mieux faire aimer
à l'homme sa terre maternelle, ou qui
l'associât davantage au labeur des
frères humains. Les soleils se lève-
raient tour à tour sur le jour de
l'abeille et celui de la rose. Le mou-

lin et le pressoir, la bêche et la fau-
cille, le chanvre et le sel auraient leur
jour. Et il devait y avoir aussi le jour
de gratitude pour les oiseaux chan-
teurs, le jour d'amitié pour le bon
chien.

—

Dans les profondeurs du sommeil,
une femme rêva qu'elle incarnait la
Révolution. Elle se vit parée de belles
couleurs blanches, rouges et bleues.
Elle tendait vers tout l'univers des
mains fraternelles. Elle prononçait
des phrases sublimes. Elle accomplis-
sait des actes prodigieux...

Soudain le froid d'une bouche morte
s'approcha de son oreille, et mur-
mura : « — Tu as goûté au moyen le
plus sûr d'avoir toujours raison. Tu
ne te déshabitueras plus de tuer le
contradicteur, de tuer pour qu'on se
taise, de tuer encore parce que tu
auras tué !... » Et elle se sentit pré-

cipitée dans un océan pourpre, sur
lequel roulaient des milliers de têtes
coupées chez toutes les castes : têtes
fines à cheveux d'argent, têtes hâlées
d'où pendaient des barbes grossières,
blondes têtes de femmes, des têtes
même d'enfants ! Elle se défendait
contre leurs dents grinçantes. Elle
criait : « — Erreur !... Vous me pre-
nez pour la tyrannie. C'est elle seule
qui, depuis les origines du monde, a
eu le loisir de faire tant de têtes
sans corps... Moi, vous voyez bien
ma cocarde fraîche ! Je suis la Liberté
nouvelle ! Je suis la généreuse Révolution !... » Mais toutes les têtes aux
yeux fixes répondaient : « — C'est pourtant toi !... C'est toi qui nous as tran-
chées au ras des épaules, ouvrant ainsi
les sources rouges, vidant les précieux
réservoirs de sang qui se sont perdus
en cette mer fumante. C'est toi, égale
aux pires tyrannies, toi, toi ! Révolution ! »

Pour ce qui est de la créature
que voici, les Suisses de Louis XVI
lui avaient tué son mari. Le Comité de
Salut Public fit arrêter son frère qui
travaillait à l'imprimerie du *Père Du-
chesne*, et son père qui n'avait pas
dénoncé un émigré dont il avait servi
la famille ; en moins d'un mois, le
même régime de la Terreur, le même,
guillotinait le vieux papa comme terroriste un peu tiède, et le jeune
homme comme terroriste trop ardent.
Il lui restait deux fils qui n'avaient
pas encore l'âge qu'on les lui tuât
sous Louis XVI ou Robespierre...
Napoléon se chargea d'eux : il les
emmena, successivement, à des bouts
opposés de la terre, et les fit tuer dans
des affaires si lointaines qu'aucune
d'elles n'avait jamais pu (objectait
cette mère) regarder ses fils, — ni
même l'Empereur. Ainsi, ce qu'elle
pensait de tous les gouvernements,
c'était que les gens n'y comptaient
qu'autant que des bœufs ; et, ceux

qui menaient les hommes, elle les
avait toujours vus les mener à l'abat-
toir. Le jour désormais où elle eût
crié Vive Celui-ci, ou Vive Celui-là,
« — Tonnerre ! disait-elle, il aurait
fait chaud ! »

La loi suprême de la civilisation
est sa lenteur. La conservation et le
changement, par le jeu de leur sur-
prenante harmonie, tiennent le monde
en équilibre à peu près stable, et ne
créent qu'une pente presque insensi-
ble vers l'avenir. Chaque secousse
en avant correspond à un temps d'ar-
rêt — ou même de recul, si elle a été
trop violente. L'ordre naturel nous
montre le recueillement et le repos
de l'hiver entre chaque moisson. Il y
a bien les révolutions pour intervenir, comme le font les cyclones, à tra-
vers l'office des saisons. Mais dans
l'un et l'autre cas, les conséquences
aussitôt évidentes sont des cadavres
épars et des édifices écroulés. Par
là-dessus, le soleil et la vie sociale rou-

lent du même train dans leurs orbi-
tes apparentes, et ne font définitive-
ment mûrir qu'à son moment chaque
nouvel épi, chaque nouveau droit de
l'homme — et de la femme.

Quand on envisage son prochain
comme une force avec quoi ou contre
quoi l'on collabore à des oscillations
nécessaires, on ne peut plus dédai-
gner ce qu'il est, ni lui en vouloir
pour le contre-poids qu'on sentirait
en lui.

On s'avise alors que la similitude
d'opinions ne doit pas être une con-
dition si importante des relations
amicales, et que les qualités fonciè-
res, l'estime réciproque, offrent une
base souvent plus sûre. Sans parler
des pures abnégations ni des vertus
les plus hautes, distinguons que la
dignité, la délicatesse, l'obligeance
ou l'urbanité, la constance au labeur, la véracité, les scrupules, toutes
les propretés mentales sont des at-
tributs plus décisifs du caractère que

la couleur politique et ses frémisse-
ments de nuances.

⚜

En définitive, l'humanité est un
gagne-petit qui, d'âge en âge, augmente un peu son capital de bien-
être physique, de bien-être moral,
contre l'inhumanité des choses et
contre l'inhumanité de l'homme.

⚜

Par un phénomène presque auguste
chez les hommes s'affrontant en assemblée, il n'y règne guère de mauvaise foi; mais plutôt une espèce de
bonne foi aussi redoutable, où chacun s'exagère instinctivement sa propre vertu, ne se remémore en fait de
torts que ceux du parti opposé, s'en

venge outre mesure, prépare ainsi de
futurs excès de représailles, et con-
tribue de la sorte à ce roulement
d'injustices qui est à peu près toute
la justice humaine.

COUPS D'ŒIL AU DELA

COUPS D'ŒIL AU DELA

Comment aurait-il existé un impie,
en ces temps où chacun put s'adap-
ter à une providence? Vénus y favo-
rise les femmes qui font l'amour ;
Minerve, celles qui ne le font pas.
Hercule donne la force aux défen-
seurs de l'ordre public ; et Mercure
protège les voleurs actifs et intelli-
gents.

Celui qui a pris le parti de se tuer
devient souverain maître Dr absolu
de toute autre vie qu'il approche.

Rien d'autre n'effraie, chez les
morts, que le reste de participation
à la vie qu'on est tenté de leur attribuer : tourment des attitudes ; con-
vulsions de la lutte, de la haine, de
l'effroi, sur les masques. Ce qu'on
désigne par « la belle mort », est
aussi la seule qui soit vraiment Elle !
Les corps qu'elle a choisis jouissent,
dans leur lit, ainsi que l'arbre cou-
ché dans la clairière, de la grande
sérénité de la matière.

Comment les hommes civilisés,
en leur ignorance absolue des phé-
nomènes au delà de la vie, ont-ils
l'audace de rejeter comme de viles
substances, aux entrailles de la terre,
les personnes qui leur ont été le
plus chères? de les murer dans des
fosses, loin de ce qu'elles ont préféré
parmi l'existence,dénuées de tout?...
Au moins, les peuplades sauvages,
sur des tertres aériens, entourent les

défunts de leurs armes aimées, de
leurs parures coutumières, des pote-
ries où ils avaient plaisir à se désal-
térer.

Vous qui avez organisé la pompe
des funérailles, comment n'avez-vous
pas réfléchi aux parcelles d'âme et
de sentiment que pouvaient conser-
ver les morts, ni aux ménagements
que méritent ces parcelles, tandis
qu'elles vont s'atténuant jusqu'à la
dernière poussière du dernier osse-
ment !

Si les morts goûtaient une existence de délices, ils s'arrangeraient
pour que cela se sache, afin que les
vivants, au lieu de les humilier de

leur compassion, les flattent de leur
envie.

Sentez-vous, quand le froid de la
mort passe sur autrui, combien toutes les récriminations entre vivants
sont chétives et n'ont plus qu'à se
faire muettes ?

Asseyez-vous au chevet du mort
chéri, jusqu'à ce que les règlements
l'arrachent à votre affection... Ne fer-
mez pas ses yeux, ne couvrez pas son
visage, car qui sait si les morts ne
continuent pas d'entendre et ne voient
pas ? Parlez-lui comme si rien de grave
ne lui était survenu, comme à une
personne simplement alitée. Ne le
traitez pas ainsi qu'une chose devant
laquelle on peut tout dire. Pour con-

venir des horribles préparatifs, met-
tez-vous à l'écart... Que quelqu'un
l'occupe constamment, lui lise les poè-
tes préférés, l'entretienne de projets
en l'y associant. Les morts doivent
se faire encore tant d'illusions !

L'espèce humaine, — encore que
bien supérieure au singe — est, depuis qu'on l'observe, trop insuffisam-
ment perfectible pour être le dernier
mot de la création animée. Je vois en
elle l'échelon vers quelques futures
races chez qui s'éclairciront tant de
facultés obscures, les notions de bonté,
de justice, les intuitions de nos cau-
ses et de nos fins. Sinon, si c'était
pour s'arrêter à ce qu'est l'homme,
alors la nature se serait donnée de
la peine inutile, après qu'elle avait fait
le chien, la fourmi, les abeilles ; elle
ajoutait bien peu de chose, quand, à
certains égards, elle ne rétrogradait
pas.

Comme tout homme, je pousse ma charrue dans sa voie ; et mes contemporains, côte à côte pressés, les coudes au corps, balafrent parallèlement, comme ils peuvent, la plaine du monde ! Suivant nos muscles, nous pesons plus ou moins rudement sur le soc. Chacun sème la graine inconnue que, de naissance, il apporta dans la main. Derrière lui, la récolte possible et douteuse lève ou périt. Qu'importe ! D'autres laboureurs nous suivent déjà dans le même sillon, suivis d'autres, par les vallées et les monts, jusqu'à la consommation des siècles.

TABLE

TABLE

MAYENNE, IMPRIMERIE CHARLES COLIN

www.ingramcontent.com/pod-product-compliance
Ingram Content Group UK Ltd.
Pitfield, Milton Keynes, MK11 3LW, UK
UKHW022053170726
13837UKWH00002B/919

9 782329 248844